SOFIA MARTINEZ

El ratón perdido

por Jacqueline Jules

ilustraciones de Kim Smith

PICTURE WINDOW BOOKS
a capstone imprint

Publica la serie Sofía Martínez
Picture Window Books, una imprenta de Capstone,
1710 Roe Crest Drive
North Mankato, Minnesota 56003
www.mycapstone.com

Library of Congress Cataloging-in-Publication Data
Names: Jules, Jacqueline, 1956- author. | Smith, Kim, 1986-
illustrator. Title: El ratón perdido / por Jacqueline Jules ;
ilustraciones de Kim Smith. Other titles: Missing mouse.
Spanish Description: North Mankato, Minnesota : Picture
Window Books, a Capstone imprint, [2018] | Series: Sofia
Martinez en espa?nol | Summary: Sofia is temporarily
entrusted with Snowflake the class mouse--but he escapes,
and she and her sisters must figure out a way to catch him.
Identifiers: LCCN 2017055129 (print) | LCCN 2017056894
(ebook) | ISBN 9781515824688 (eBook PDF) | ISBN
9781515824480 (hardcover) | ISBN 9781515824589 (pbk.)
Subjects: LCSH: Mice--Juvenile fiction. | Sisters--Juvenile
fiction. | Hispanic Americans--Juvenile fiction. | CYAC:
Mice--Fiction. | Sisters--Fiction. | Hispanic Americans-
-Fiction. | Spanish language materials. Classification:
LCC PZ73 (ebook) | LCC PZ73 .J837 2018 (print) |
DDC [E]--dc23 LC record available at https://lccn.loc.
gov/2017055129

ISBN 978-1-5158-2448-0 (encuadernación para biblioteca)
ISBN 978-1-5158-2458-9 (de bolsillo)
ISBN 978-1-5158-2468-8 (libro electrónico)

Resumen: Sofía debe cuidar por un tiempo a Copo de
nieve, el ratón de la clase. Pero el animalito se escapa, y ella
y sus hermanas deben encontrar la manera de atraparlo.

Diseñadora: Kay Fraser

Impreso y encuadernado en los Estados Unidos de América.
001127

CONTENIDO

CAPÍTULO 1

Conoce a
Copo de nieve

Sofía escuchó que golpeaban

la puerta y corrió a abrirla. Era

Albert. Venía todos los viernes por

la tarde a tomar lecciones de piano

con la mamá de Sofía.

Hoy Albert tenía una caja de

zapatos. Y Sofía sabía exactamente

qué había allí.

—¡Hola, Sofía! —saludó Albert.

—¡Hola! ¿Ahí tienes a Copo de
nieve? —preguntó Sofía.

—¡Sí! —respondió Albert
orgulloso—. Soy la primera persona
que cuidará a la mascota de la clase.

—Qué suerte tienes —dijo Sofía—.
Pero tenemos un problema.

—¿Qué? —preguntó Albert.

—El pelo de los animales hace
estornudar a mamá —dijo Sofía.

—¿De verdad? —preguntó Albert.

—Sí —respondió Sofía—. Nuestro gato se tuvo que mudar a otra casa.

—¿Y ahora qué hago? —preguntó Albert—. ¡Mi lección de piano comienza en unos minutos!

—No te preocupes —dijo Sofía—.

Yo cuidaré a Copo de nieve.

—¿Estás segura? —preguntó

Albert, con cara de preocupación.

—No hay problema —respondió

Sofía sonriendo.

Albert no estaba muy seguro, pero no había otra solución.

—A Copo de nieve le gusta salir de la caja. Por favor, no dejes que se escape —dijo Albert.

—Entendido —respondió Sofía.

Sofía llevó la caja al piso de abajo. Luisa y Elena, las hermanas mayores de Sofía, estaban mirando televisión.

—¿Qué tienes ahí? —preguntó Luisa.

—Un ratón —dijo Sofía—. Se llama Copo de nieve.

—¿De quién es? —preguntó Luisa.

—Es la mascota de la clase de

Albert —respondió Sofía. Luisa parecía

impresionada. Elena parecía aburrida.

—Creo que Copo de nieve quiere

ver lo que estamos mirando —dijo

Sofía.

Levantó la tapa lentamente.

El ratón blanco se paró en sus

patas traseras y chilló.

—¡Qué bonito! —dijo Sofía

riendo.

—¡Es lindo! —agregó Luisa.

—Hagan silencio, por favor

—dijo Elena—. Estoy tratando de

ver mi programa.

—Está bien, está bien —dijo Sofía.

Sofía estaba a punto de cerrar la tapa cuando Copo de nieve saltó de la caja.

¡NO! —gritó Sofía.

CAPÍTULO 2

El ratón perdido

Copo de nieve corrió por el suelo
y se metió debajo del sillón.

—¡Aaahhh! —gritaron sus
hermanas.

—¡Ayúdenme! —gritó Sofía.

—¡De ninguna manera! —gritó
Elena—. ¡Le diré a mamá!

—¡No puedes decirle! —dijo Luisa.

Las hermanas Martínez sabían
que no convenía molestar a mamá
cuando daba lecciones de piano.

—Deberíamos llamar a la abuela
—decidió Sofía—. Ella siempre sabe
cómo arreglar las cosas.

—Bueno, pero más te vale que hagas algo rápido —dijo Elena—. No tenemos mucho tiempo.

Sofía corrió hasta el otro lado de la sala para llamar por teléfono.

Escuchó con atención durante varios minutos. Luego le dio las gracias a la abuela y colgó.

—¡Buenas noticias! Solo
necesitamos una cubeta —dijo Sofía.

—¿Para qué? —preguntó Elena.

—Para atrapar a Copo de nieve
—respondió Sofía—. Debería ser muy
fácil.

—Mamá tiene una cubeta en
el lavadero —dijo Luisa—. Voy a
buscarla.

Cuando Luisa volvió, las niñas
miraron la cubeta fijamente.

—La abuela dijo que pusiéramos
alimento adentro para el ratón
—dijo Sofía.

—Está bien. ¿Qué comen los ratones?
—preguntó Luisa.

—Queso —respondió Elena.

—Tenemos un problema —dijo Luisa,
apuntando al techo —. El queso está
arriba en la cocina.

Se oía a Albert tocando el piano. No
había forma de llegar a la cocina sin
que las descubrieran.

—Eso no va a funcionar —dijo

Elena.

—No te preocupes. Cruzaré

el patio hasta la casa de la tía

Carmen —dijo Sofía—. ¡Adiós!

CAPÍTULO 3

La trampa del ratón

Unos minutos más tarde, Sofía volvió con su primo Héctor.

—Aquí estoy, y traje ayuda —dijo orgullosa.

—En realidad, solo quiero ver el ratón —dijo Héctor.

—Primero tenemos que atraparlo —dijo Elena—. ¿Trajiste queso?

—No —respondió Héctor—.

Nos quedamos sin queso.

—En su lugar, trajimos

mantequilla de maní —dijo Sofía.

—¿Mantequilla de maní?

—preguntó Elena.

—Mamá dijo que a los ratones les gusta tanto como el queso —explicó Héctor.

Sofía untó mantequilla de maní dentro de la cubeta. Luego puso la cubeta cerca del sillón.

—La cubeta es demasiado alta para un ratón —dijo Héctor—. ¿Cómo va a entrar?

—Necesitamos hacer una escalera —dijo Sofía—. Toma mis bloques, Héctor.

Sofía y Héctor comenzaron a armar una escalera. Lo hicieron rápido.

Pronto la trampa de la cubeta
estaba lista. Sofía, Luisa, Elena y
Héctor se escondieron cerca del
sillón a mirar. Nadie hizo ruido.
Vieron que Copo de nieve salía.

El ratón se paró sobre sus patas traseras y olfateó. Comenzó a trepar. Y luego los niños escucharon al ratón caer en la cubeta.

—¡Lo hicimos! —gritó Sofía.

Justo en ese momento, Albert abrió la puerta.

—¿Dónde está Copo de nieve?

—¡Aquí! —Sofía apuntó orgullosa a la cubeta.

Albert levantó al ratón.

—Dijiste que no lo dejarías escapar.

—¡Lo sé! No se escapó —dijo Sofía—. Tuvo una aventura.

—Nosotros también —agregó Elena.

Copo de nieve chilló, y todos se rieron, hasta Albert.

Exprésate

1. ¿Crees que es una buena idea tener una mascota de la clase? ¿Por qué? ¿Por qué no?

2. ¿Cómo creíste que Sofía atraparía a Copo de nieve? ¿Te sorprendió su plan? ¿Por qué? ¿Por qué no?

3. ¿Crees que Sofía le contó a su mamá sobre el ratón y lo que pasó? Explica tu respuesta y razonamiento.

Escríbelo

1. Sofía pierde a Copo de nieve cuando él salta y sale de la caja. Escribe sobre algún momento en que hayas perdido algo.

2. Imagina que eres Copo de nieve. Desde su punto de vista, escribe un cuento sobre su aventura en la casa de Sofía.

3. Elige tres palabras o frases del cuento. Úsalas en tres oraciones.

Sobre la autora

Jacqueline Jules es la premiada autora de veinticinco libros infantiles, algunos de los cuales son *No English* (premio Forward National Literature 2012), *Zapato Power: Freddie Ramos Takes Off* (premio CYBILS Literary, premio Maryland Blue Crab Young Reader Honor y ALSC Great Early Elementary Reads en 2010) y *Freddie Ramos Makes a Splash* (nominado en 2013 en la Lista de los Mejores Libros Infantiles del Año por el Comité del Bank Street College).

Cuando no lee, escribe ni da clases, Jacqueline disfruta de pasar tiempo con su familia en Virginia del Norte.

Sobre la ilustradora

Kim Smith ha trabajado en revistas, publicidad, animación y juegos para niños. Estudió ilustración en la Escuela de Arte y Diseño de Alberta, en Calgary, Alberta.

Kim es la ilustradora de la serie de misterio para nivel escolar medio, que se publicará próximamente, llamada *The Ghost and Max Monroe*, además del libro ilustrado *Over the River and Through the Woods* y la cubierta de la novela de nivel escolar medio, también próxima a publicarse, *How to Make a Million*. Vive en Calgary, Alberta.

Aquí

no termina la DIVERSIÓN...

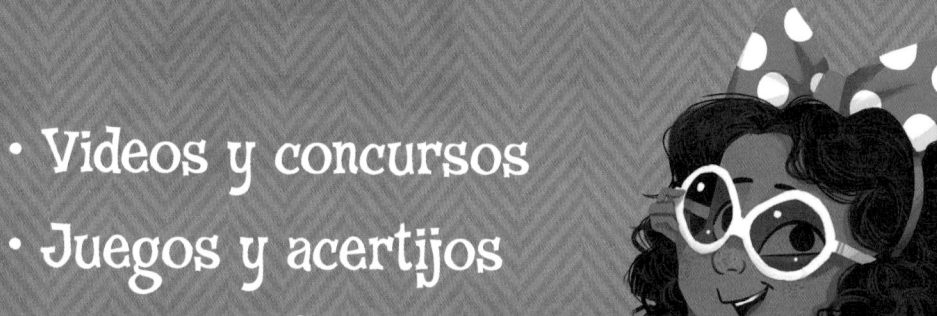

- Videos y concursos
- Juegos y acertijos
- Amigos y favoritos
- Autores e ilustradores

Descubre más en
www.capstonekids.com

¡Hasta pronto!